よろこびの日

和田まさ子

思潮社

よろこびの日　目次

i

苦い蜜

ii

9つのメタモルフォーゼ

iii

芙美子のいるところ

iv

どこかで歌っている

本文デザイン　岡本啓
装幀・装画　井上陽子

よろこびの日

和田まさ子

i

苦い蜜

安心して会う

地図を見るとわかることがある
ベラルーシ料理店ミンスクの台所は
ロシア大使館のすぐそばだ
地図を見てもわからないこともある
わからないままにして
二〇二〇年
生き延びる方法がどこかにあるはずだと
路地にも入り込んで一軒一軒探している

ベラルーシでは
女性たちがフライパンをおたまで叩きながら抗議をしている

練り上げた羽二重餅のような声で
「私も料理をつくりますよ」と
芙美子は女子高校生に話している
人と会わないことが日常で
しばらくぶりに会ったら人が変わっている
そういうことが
過去の人にはないので
安心して会える

この家の女主人がこだわった台所の
東芝製家庭用冷蔵庫第一号機が白くてモダン
台所と洗濯場のあいだを抜けると

庭

細く入って広い場所に出る
いい風が吹いて新宿区中井、ここもそうだ

戦後七十五年
フライパンの使いみちは
思いの外にある

冬に必要なもの

紙袋のなかの感じやすい秘密を捨てて
身軽になる
冬の河原はにぎやかで
灰色の陣地には
青いヤナギが一年中みどりを垂らし
遠くに行った人を呼びもどそうとしている

リオ・デ・ジャネイロ
隠れているジョアン・ジルベルトを探して

ついに見つからなかった映画の
スクリーンの外で知らされる死

からだのパーツのどこかが外れて
こころは不在のままで改札を通る
呼び止められることを待っている足と
遠くまで行こうとする目のちぐはぐさが増して
歩くのに手間取ることもある

都会の敷石の凹凸につまずいて
小さな穴に出たり入ったりする
一月の感情生活
ここでも敗北しているが
新聞の投書欄で世間を知ることは多い

あやういものさしで測られて
規格外にされても
動いている
東京の裏側
いま、イパネマの砂浜は夏
どこを歩けばたどり着くのか
考えるよりも
他人の物語に引っぱられない
腰の強さが必要だ

春を呼び込む

ラジオのニュースで知る
他国の人の死に驚くが
朝から他人の物語を取り込まない
周波数を合わせないで
一日を迎え入れる
紅茶を飲みながら
よき生活のための実務的決意を強くする

効率のいいからだを求めたから

もう会えなくなった友人たち
彼らへの挨拶
増えていく窓辺のスイッチの
いくつかを押して春を呼び込む

壁の絵の天使たちが
まるまると育っているサイゼリヤ
人は生臭い生きもので
「ほら、たくさん食べて」の掛け声に
どんなことにも耐えられる龍の誕生だ
子どもたちの食べている脇をすり抜けて
彼らに要求しない大人になる

新しいゲームに汗まみれになって
つかんだつもりがつかまれている

駅の構内
イヤリングのように
重力に耐えて踏みとどまっている
ホームからの景色がうつくしい
待っていたことはこれだと錯覚して
一月の風の誘いにのってみよう

だれかの問いにつまずき
大切なものは何かがわからない
それでも今日は
生まれ変わった気になっている
朝刊の隅に天文の記事
オリオン座の星が崩れ
星の最期を迎えている
これから起きる超新星の爆発だ

苦い蜜

三鷹駅を出ると
すぐに波打つ歩道橋の上にいる
ここが地面への断崖となって
人を滑り落とすこともできる
悲鳴を必要とする世界が
ここにも穴をあけている

父はただ一度
映画に連れて行ってくれた

用賀映画館のなかで観たサムライの刀は
スクリーンを切り裂いていた
それから父と疎遠になったので
わたしのからだには
苦い蜜が塗り込まれている

分厚い雲がさがって
そのなかの鳥がわたしを鷲掴みにしようとして
逡巡している
願ったが
叶わなかったことを骨片のように抱えて
淡い期待を持って通りを歩き回る
雨を欲し
打たれて
ひかりの粒をまとうと

父の肩はなぜあんなにもすがすがしい山だったのか
わからないことがここにもあった

十字路に短絡的な雨が降る
日記のように断片的に翳るから
今日があてにできなくて
過去を知りたくなり
窓を磨く人たちの仲間になろうとする
あとひと拭きで
若い父が見えてくる

この町のルール

五月は
忍耐力でつながっている
もろい空気をまとって
触覚を発達させ
舐めれば甘さが増す肌を
測ることは、死を計量すること
心臓の鼓動よりも
路面電車がゆっくりと進む町で
舵を取った

つかの間の青空
人が二メートル以内に近づかない国があれば
そこへの亡命者が増える
海岸に出ると土産物屋のハンチング帽の人のあたりが明滅し
思い出は即座に薄汚れる
おととい、はじめての肉料理の食べ方を学んで
今日は忘れている
学習し、簡単に忘れる人として
歩いてきた。予行演習が
いつから本番になったのか
知らないうちに
話が成長して、上手につまらない人間に成り果てる
という役回りだってやってのける

ロシア正教会のこげ茶色の壁に
緑の帽子
建物も人も
みんな帽子をかぶっている
「わたしの、足のかかとが痛い今日の歩き方は群青色だ」
知られたくなかった自分の名前を
代わりに好きな名前でいってくれないか
トナカイの肉が
煌々と照らされてスーパーに並んでいる
ここでのルールを受け入れること
説明ではなく、見ることを疑わない午後を過ごす
生きて帰ってきて
さて、どうする

舌をなくしたように言葉を忘れ

どこまでも死との和解を探ってはいるが
川の水を暴力だと信じている
まっすぐに平地に突き刺さって
労働と休息の間で
人間は息を吹き返す
自分を見失っても
角を曲がれば
夜は素晴らしい酸っぱさが満ちている
残してきたものに悔いはない

誘惑

向こうの通りを歩いている人は
柳の下でこの世の瀬を踏んでいる
そこまでの距離は遠い
しばらく見つめていると
とろりと甘い水が背中を流れた
いいもわるいもない
男の指
どんな道を迂回してここまで来たのか
よくもわるくも

これでよかったと結論づけてしまう割り切り方に
馴染めないでいる
大学通りの木がふさふさと葉をつけて
人のかたちを隠している

駅が新しくなったので
ロータリーはさらに膨らんだ
人とすれ違うと煙るような目の交差
もっとを欲しがるときだ
「リラアックス」
ヨガ教師の声
「まだ力が入っているよ、何も考えないように」
死体のポーズ
その誘惑に乗らないわけではないけれど
いまがそれなのか

ここでもまた迷っている

移動制限下
もう春なのに
雪が降り積もったヘルシンキ
おかしな小話で
混乱しているのは東京だけじゃない

動く理由がなくても
翻弄される腕と足
二〇二〇年
もっと最悪な出来事が待っていることも
うすうすわかっている

雨が降りそうだ

一枚の湿ったからだになって
訊かれている
「ご用件はなんでしょう」と
「よく聞き取れませんでした」
耳をひらく
だれかがどこかで声をあげている

到達しない

浮き立つような新宿の地面
行き先のある人も
ない人も汗をかいて
道から人体がぬうっと出てくる
足など忘れて
人は顔ばかりになって歩く

受け入れてくれるからといって
やさしいわけではなく

道路とココロの距離を
絶えずからだで測っている
新宿御苑でアオクサカメムシが玉砂利の上にいて
イギリス人をよろこばせた
この虫は石の上の瑪瑙
探しても見つからないが
虫の方から見つけてくれることがある

用心していても
ヒトは虫と似ているから
自分の触覚にかまけている
ヨロコビは地表にはなくて
曇り空に浮かぶビルの屋上の尖った先
携帯電話基地にある
その方面でみんな忙しいのだ

新宿駅で乗り間違えてしまったのか
なかなか生きるに到達しない
金曜日と土曜日のあいだに
薬草健康茶というのを飲んで
もう会えない人を思い浮かべた

だれかのせいではなく
この夜に迷っている
どんな目と鼻がついているのだろうか
顔に張り付いたハトロン紙を裂いて
洗面所の鏡で
自分を見る

対岸の人

リバプールは川の街
対岸からやってきた人が
わたしを待っていた
川岸には観覧車
だれも乗せてはいないが
回っている
その大きなサークルの中を
カモメが抜けて
行ったり来たりする

下の地面を人は歩く
いつまでたっても
やっぱり川で
待っていた人ははじめて会った人で
川のそばということを忘れ
眠るときの息をして
わたしたちはここが世界だということを
気がつく間もなくいなくなる

だれだって
オーバーを着れば
昔の人になる
ほんとうに生きたのだろうか
男といて
ほんとうににんげんなのだろうか

飴売りの露天に惹きつけられる
人はこんなに美しい色の飴を見ても
死ぬことを忘れられない

やがて対岸に帰る人と
コーヒーを飲み
鳥のようにサンドイッチをついばんで
二人で別の街のことを話している

イノシシの居場所

フィレンツェに幸運のイノシシ像
世界から来て、幸せにさわりたい人たちの手で
鼻は金色に輝いている

人との間隔が問題だ
日本では二メートル
イタリアではイノシシ一頭分
幸運なイノシシが人のあいだにいるとしても
まだ足りない

事態が終わらないまま年を越した
ここが終点までのどのあたりか
新しく人に課された任務はなにか
問いだけが裸木に掛かる鳥の巣となって
中空に浮かんで
たぶんイノシシは居場所にまごついている

一月の世間の渡り方を忘れたけれど
だれかのためになにかをする
備忘録にそう書いた
その人が期待していないことをする
上手に人を照らす石の一つになって

悲観的な天気予報をOFFにして
青梅街道入り口の飯屋で

芙美子はご飯と肉豆腐を食べる労働者を見ている
その食べっぷりにいまがある
ナポリに上陸して
裏町を猛進している芙美子は
最も必要なことをつかんでいる
町の汚れ、それに負けない
水までおいしいイタリアだ
現実主義者の彼女のやり方で
こころの辺境を快活に

小さなものをごっそり捨てて
探しものをみつける
陽水の歌をここで聴く
二〇二一年正月
東京でもイノシシが疾走している

ii

9つのメタモルフォーゼ

とても涼しい

新宿の武蔵野館近くの四つ角
ビヤホール・ライオンがあって
「ここ、東京の中心じゃない？」
うしろからの甲高い声
舐めるような人波に
抵抗しつつ泳ぐ少女たちの鱗のキラキラ
見ることにうつつを抜かし
いったい何を他人に求められているのかわからなくなった
ここまできて、午後二時

やったことをかならず反復するから
一日が複雑になってしまう
わたしと彼女たちが混ざって垂れ下がるが
知らない人の物語を
知らないままで通りすぎると、とても涼しい

永久歯のように生えそろったビルの谷間で
こっそり角を曲がりたい
新宿のあちこちに芙美子はいて
腹をすかして
豚カツとバナナを壁に書いてなぐさめている
やっと見つけた子守の仕事もすぐにひまが出て
いつも行くところなしになるが
それでも新宿を毎日歩く

とても濃く生きるのでつまずく芙美子に
歩調を合わせてもらう

からだは残された課題に手を焼いている
人との接続がうまくできないままの午後三時
さっき街頭で配られた名前を
すでに思い出せない
それでわるいということはないのだが

釣りの好きな人が冬に死んで
街のアスファルトには白い粉が撒かれた
だれか日曜出勤の人が今日を始めようとしている
熱中した昨日までのゲームは捨てて
真新しいココロの領域がほしい
あそこだろうか

待っている人、いてもいなくても
紀伊國屋書店前にすべり込んでいく

ももあの家

実家に行くと
なにやらももあもあと出てきて
歓待してくれる
人はいないし
ものもないはず
それなのに
あるときは
おいなりさんが
干瓢巻が

甘酢漬けの桜色の生姜までついて
テーブルにのっている
めしあがれ
背後から声がする

わたしは
まだ明るいから
生姜がおいしいから
全部食べてしまう

庭の茗荷の白い花が
咲いているのを見ていると
おばさんがわたしの名前を呼んで
花札でこいこいをしようというので
付き合う

息をふうっと深くしたら
おばさんが消えてしまう気がして
そおっと息を吐いて
負けてあげる
おばさんはくすっと笑って
消えるので
いいことをした気分で
外に出る

少し歩いて
玄関の鍵を掛けていなかったことに気がつき
戻って
引き戸を開けたら
もあもあは薄い輪郭の人の集まりで
桐箪笥の引き出しに腰掛けていたり、

畳に生えたきのこを採っていたり
部屋のなかで傘をさしている人もいた
その人の傘の円の外は
畳が濡れている
見てはいけないものなのかもしれない
あの人たちが急に笑うのをやめたから

もあもあの家には
雨が降っている
夏が来る

熱海

しいたけを干している
日差しが濃いので
わたしも干さねばならない
ロマンスカーに乗って
小田原まで
乗り換えて早川、根府川、真鶴、湯河原
順序よく電車が駅に停まる
行き先があると思っているが
着けば終点ではなく

鰺、金目鯛、鮪ほほ肉、烏賊が
わたしのかわりに干されて待っていた
土産物屋の並ぶ商店街で
早く買って行ってくれと
帰ることを催促されている

熱海
商店街を抜ければ国道沿いに
空に立てつけるようにそびえる階段
その向かいは真っ逆さまな坂道
あいだの道を傾きながら歩く
傾くのは坂だからというだけではない
あそこでも失敗して転がっていく人
でも、あとからわかることは多いのだ

定食屋では海鮮丼が大盛りになって出てきた
新しい日常では、どこもサービスがよくなっている
でも不機嫌な顔が多い
横にいるのは会ったことのない生きもので
定食を平らげたら、わたしを食うだろう

はるかに初島
海に向かって坂道は光度を増している
気がつくのは遅いが
「失敗した人から学びたい」
といってみる

行かない選択

一日中、プールに水を張る音がごうごうとして
おかげで一日がどのくらいの水量なのかがわかった
わたしはすこしの水しか身体に持たず
ほどなく干からびてしまう
強い日差しとビル風の風圧で
ヒラメの干物にもなる
ヨコになり、平たく泳ぐこと
好きかもしれない

コップの水が溜まって
水が苦しくなり
するするととなりのコップに移動する
そんなふうに渡り歩いて
小さな家に住んでいる
日高屋に負けない餃子もつくって
新聞紙をちぎって床を掃く
生き方に工夫をしている

賢明ではないが立体で
押したらへこむ容れ物となり
汚れた水にも濡れて
乾くまでの距離を
測る折尺になって
何度も身体を折り曲げては

屈折の角度を測定する

さっきから
社会にもどれといわれているが
ここの居心地はわるくない

新しい冷蔵庫が届いた
速鮮チルド室のゆるい凍り方
そのゆるさに救われている
約束の国
あってもなくても
行かない選択

正確にいえない

レンガが日光と競っている
地形が平たく均されていくこの街の
駅前のロータリーで目覚めた
大あくび
昨今、哲学は憂鬱に足踏みしている
改札では
親の失態を
かばっている子どもたちを
たくさん見かける

人の関係はなますのようだ
食べてはむせかえる
遠い生家では
人でないものが増えている
目を開けるたびに
一つずつ
奇妙な生きものが
湧き出てきて
家の浄化をしている
六畳間は酵母菌で膨らんで
パンのように人を練り込みそのうち焼けるだろう
バスで運ばれて
生きものの死に会うこともある
歩いていて
カサカサの皮膚に

日差しが思い出を刷り込んできて痛い
たしかに
無駄なことは一つもなかったけれども
あの人には
錆が出ている
といって
わたしを通り過ぎた人がいる

馬に乗る

この道をなんというのか
と男に訊かれた
狭くて蛇のような路地
そこがどんな名前の道であろうと
横に住んでいるタテシナさんは
かまわないだろう
自動販売機がうなりを立てて怒っているそばを
知らんふりをして歩くと
どんな言い訳も考えないで馬に乗っている

男は馬の首に付けた紐を握って
通路を歩いていた
さっきからニンジンを持った子どもが
突きあたりでうろうろしている
昨日はおとといの馬が死んで
今日はまた生きている
タテシナさんは
昔、馬丁だったから
この道には友だちの馬が住んでいる
ブロック塀のテイカカズラの尽きるところで
馬はするりとわたしを降ろし
謎も降ろし
空も降ろし
静かに退場する
馬の顔をよく見たら

タテシナさんにそっくりだった
火照った顔になっている男は
なにかに欲情しているのだろう
馬か
タテシナさんか
二者択一に苦悶しているので
そっとしておく
生ぬるい日差しに血の色が映り込み
男の背中からほころんで
突き出ている棒のような幸せに
だれかが満足がいくまで
打たれている

観察の仕方

歩いているとたけのこが出ていた
先を行く男がふりむいた
「たけのこ祭りは先週だったから、もう
固いたけのこしか残っていないよ」
角のように地面から出ているわ、出ているわ
日々も俯瞰すればこんな光景なのかもしれない
知らないところで
期待とか悲嘆とか、なにかが突出する

大きくなればよろこばれることはなくなり
出た角は叩き切られるか掘られてしまう
たけのこも
ついこのあいだまで祭られていたのに
いまは平等主義に負けている

国分寺の農道をくねくねたどって
世間に出る
その手前の路地で
祖母が赤ん坊を抱いて立っていた
よく見ると赤ん坊はたけのこのようでもあり
わたしでもあり
どっちかわからないところに
竹切狸に付け入られそうだ
たけのこの抱き心地に気を取られて

祖母が点滅している

巣ごもりで
食欲が落ちていたが
「固くても煮て食べよう」と
男は全身スコップになり
汗をかいている
やっと掘ったたけのこの皮をばりばりと剝き
米ぬかを入れて茹でると
酸っぱいにおいで目が覚めた

四月になっても無謀なことを目論んで
それにつまずき
助けてくれといえないでいる
「蟻は左の二本めの足から歩く」

といった画家にこの世の観察の仕方を学ぶけれど
どのみち
古い未来が待っている

魅力的な穴

世間の風にあてる顔を
ああか、こうかとつくっているうちに
自分の顔がわからなくなった
今日は多摩川の干潟で
カニの顔を真似てみる
簡単だ、つぎは
カニの穴に入りたい
他人と出会わない方法をみんなが探している
穴が魅力的だ

けれども、そこらじゅうに穴はあるのに
わたしが入ることのできるのは見つけられなくて
泥土を掘ろうとすると岩盤だった
世界はぬめぬめのものと固いものでできている

フジツボと貝殻がびっしりついた石は
もう食べられないから
目が即座に捨ててしまう
生まれたての石がほしい

ずっと質問ばかりで蜂みたいだった
耳は聞きたいものだけを覚えている
「きみが触りたい声があるよね」
だれかが発する声がわたしの皮膚にふれる
言葉より高速だ

六月、まだ去ってはいないウイルス
笑顔と泣き顔の筋肉の動かし方は似ていて
生きのびるために顔の筋肉を発達させる
梅雨とドクダミの特訓
スイッチを押して
あれかこれかに迷うココロの機能を全開にする

どうにかなるとどうしようもないの振り幅で揺れても
からだは揺れるほどすばらしくなるとわかっている
眠っているときも
羽田空港に寄せる波が聞こえるが
あいだにまざるアマガエルの鳴き声
胸が騒ぐ
郊外の夜

ずっと出口を通ってきてやっと入り口だ
いいわけをするのはまだ早い
機嫌よく明日を待つ

ポーランドの健康

ホームで電車を待つ姿勢
三列前に並んでいる吉岡さんの
尻尾がふらついている
昨日は山奥にいたんだな
隠しそこねている実力主義
闘う余裕を見せている

景色を売りに来たといって
大根や白菜といっしょに

千葉のおばさんが電車でやって来て
勝手口から入る
昭和四十年四月
大きな背負子は
どすんと音を立てて置かれたが
のぞくとなかは弁当の包みだけだった
その弁当がひどく食べたい

砂場では希望がひしめきあって
てかてか光る泥だんごになっている
「わたしのほうが大きい」
日暮れになると
すべて捨てられて
土に戻っていくが
だんごの充実がきょうは必要だ

歩いていると楽屋のような場所に出て
生まれ変わるのはここかと思う
方向は合っている、でも
決定的なことが足りないような気がする

コンビニで輪切れの社会観が
桜ロールケーキと並んで売られても
社会観はすぐに賞味期限がやってくる
みんな、からだが万全でなくて
桜がほころび
街がほころび
ぷつぷつと空気穴があいているビーチプールのなかに
いまがこのように浮かんで
さっきが明日をゆさぶっても

「ポーランドのおばあちゃんのさくらんぼジャムを
夏には持って行きます」
携帯メールのポーランドからの着信
赤いスカートで
吉岡さんを追いかける

iii

芙美子のいるところ

佐野木工直売所まで

返事を書くのを忘れているわけではないが
書き方に自信がない
そのことを脇に置いて
佐野木工直売所は今日がオープン日
バスの終点、若葉町団地で降りて
団地のあいだを長いこと歩いたが
スマホのルート案内「目的地まで10分」が変わらない
塀沿いの道が馬の臀部のようなカーブになった
ずんずん沿っていくと

人はあたたかくて懐かしい場所になる

考える芙美子が尾道の駅前にいる
東京問題
その東京に行こうかというぬかるみに
ずぶずぶと沈んでしまわない芙美子
シベリアの三等列車に乗っている芙美子は書きつける
「すべていづれの国も特権者はやはり特権者」
社会主義国労働者の食堂に黒パン
希望はパンくずとともにテーブルから落ちてしまった
小鳥がそれをついばみ、その日の糧にする
くにたちの食堂でもみんな首を垂れているが
人がうつむくのはきっと食べるためだけではないだろう
たくさんの芙美子に会った七月を離れ
八月に入っていく

上手に手を洗えない
人との距離が測れない
いままでは知らないですませていられたのに
隣り合わせた男に指摘された
佐野木工直売所にはまだたどり着けない
人がうつむくのはなぜか
地上のこと
まだわからないことがたくさんある

窓を増やす

本から覚めて
窓を増やす
陽が差し込み
からだはあやうい川を渡るのを逸れたが
薄いシーツにつまずいた
溺れることはこの部屋でもできる

部屋になだれ込んだ陽が
快活に育っている

葱は青々と憎しみを超えて伸びあがり
空を支えている

顔に張り付いた化粧パック
めくってみると
またしても他人の顔が出てくる
そそのかされて主人公にされるが
わたしは
男が相手ではものたりなくなっている

駅前カフェでは部分と全体がいっしょになって
足腰を鍛える客のひとりとして
カウンターの列に並ぶが
注文をいう前に
「席を先にお取りください」

わかっていなかった
この世のルール

耳の迷路で歩きまわり
手を熱くしながら
窓という窓に石を投げる
割って割って、どんどん家に穴を開ける
灰汁のような夜の水が
あふれ出てきた

顔を向ける

六月の論理で
激しさを増している川岸の草むらを歩いた
駅に降りてから会った
たくさんの人に名を呼ばれ
身体が細分化されたので
つよく喉を動かしている

道を歩く身体は
もういらない規律で満ちているから

無心に踏まれる
きれいな指の出番だ
そろそろ他人にわかってしまう感情を
自然観察園の地図のように
折りたたんだ

気が急いて
移動してきたが
新たな出来事にあって
沸騰した恐れがここで
あふれ出ようとしている
ホタルブクロが咲いている野原で
生きることに立ち向かっている
ここからだと自らを励まして

必要なのは
名前と出口
入口より
出る場所が重要になり
絶えずさがしている
朝
真新しい服を着たが
夕方には、なにもかもどうでもよくなり
歩きながら鱗を捨てていく
今日までのことを総括せよ
焼却場に入れて燃やしてしまう
もっと濃い飲みものになるために

他人が自分とごちゃまぜになり
人間と会っていると混乱するこの世で

小声ではあるが
だれかが呼びかけてくれている方に
顔を向ける

展望台から

手を伸ばし
網棚のスーツケースを選ぶ
他人のものを下ろして持っていけば
行き先も名前もすり替わることができる
じぶんはもう十分にじぶんすぎるから
車窓から塩を浴びたい

降りた駅に
芙美子はしゃがみ込んでいて

行き交う人を銅像にしてしまう

船着き場に着いたフェリーから
郵便のオートバイが威勢よく飛び出してきた
家々に配るのだ
よろこびのようなものや
破綻し始めたもの
それらの断片を配達して
路地の奥ではにんげんに波が寄せている

山の上から見える向島には
生きている人も死んでいる人もいて
すべてを見たら終わってしまう
にんげんも景色も定量だから

歓声で賑わう展望台から
どう戻るのか
五百段の階段に怖気づいているが
足踏みをして十月の土と草にまかせること
かかとのあたりに力が生まれれば
人生の意味を詮索しない足取りで山を下る

長いアーケードを抜けて
体が駅にのめり込む
語られるのは別の都市のこと
ケイタイで見る東京
納得しない雨風に耐えている夜だ

冬をひらく

長いものから干す
タオルやストッキング
雑事はたれさがってつづき
とめどがない
陽が頬を打っても
手はとまることなく干す
人体は名を外されて
つりさげられる

離れ離れになった片割れと
握手する部屋のテーブルにトウガラシの束
憂鬱な目で嚙んでいく
辛さを増す景色のなかに
やがて人は入るのだろう
それまでの夕暮れの過ごし方を
どうするかが問題だ、でも
からだの鍛錬はほどほどに

息と息が合うところにいたとしても
もう冬になる
すべてのちちははは
あたたかな動物の腹を押し付ける
いい匂いの抱擁
とまどうことばかりの地上にいて

いま、踏み込んで勘違いすることがあり
わざとじゃなくて
その屈託のなさが冬を救う

生者を鞭打っている善人に負けているが
鱈と白菜は買うとメモする
それから勇ましく歯をみがく
今日の空気にからだが馴れ合って
猥雑なものを正しく身にまとえば
こころは後から追ってくる

阿佐ヶ谷

ここでもないが
あそこでもないということが増えた
この店でピザを食べて
すぐ近くの蕎麦屋を素通りできるのはなぜだろう

生き延びるために狭く戸を開く
そのくらいの人のすきまで生きられるようにしたい
内でも外でも、呼びかけられたら
脱力してわたしを弱める

からだを貸すときはそんなふうに
気をつけないと人の生涯が雪崩をうって入ってくる
それにつぶされないように構えができるのに二十年かかった

阿佐ヶ谷では
中華料理店と映画館の定番コース
人生を修正するツールとしての街角
上手に利用して生き残ってきたけれど
しばらく行っていないうちに
ユジク阿佐ヶ谷は休館していた

世間に入れない人の群れの最後尾につける
「昔のことはみんなよくない」
伝言ゲームがやってきて、耳にささやく
そんなことはないといいたいが、いえないでいる

呑気さを指摘されて
足元を見ると
ストッキングに伝線
それでもきょうは
つま先を日差しに伸ばす

時代の終了

時代の終了が告げられて
あと一年
もっとも失敗する頃だ
生きものとして
生きていれば
触覚で善悪がはかれたのに
そんなこともできなくて
恐れている街角の広場で
見張っているのは

見張られていること
吉祥寺
おめでたい名前の
いつかめでたくなくなるこの世で
地名だけが元気だから錯覚する
ハモニカ横丁の
熱々のメンチに呼ばれて列に並び
メンタルをつよくする
どこで発揮するというあてはないけれど

「わたしは早く年をとりたい」
と東京の芙美子がいう
アンパン売り、キユーピー作りの女工、カフェの女給
どんな仕事もして
手紙で無心してくる母親に金を送るが

しばらくすると
またせがんでくるかわいいお母さんがいて
東京で働く娘になった

葡萄棚のぶどうのように時間が垂れ下がって
伸びきって、ついに
アジアに落ちていく子ども
バンコクからやってきた象がいなくなり
上野からきた羊が二頭増えている
笑っている、羊
井の頭池
遠くから来て
去っていく
みんなそうだ
とどまる人はまだ生まれていない人か

この世に来たくないものたちだ
といって右側の人
きみだよ
映画だとばかり思って
見てはいけないものを見たね

濡れるとどんなにでも柔軟になる骨格

銀座一丁目で
柳の枝に打たれたいと
負けに行く
どこも小ぶりの柳が揺れていた
いつも期待は血潮のざわめきに高ぶるが
行ってみると、締め出された子どものように縮む
柳の下には吸い殻とマスク
見たいことと見たくはないものが混在するこの世で
用のないものは蹴って歩くが

特別な夏に追いかけられている

「これからだよね」
一丁目のコンビニで
それを聞いた
わたしではないだれかが答えるのを待っていると
店内の冷房は強く、　きりきり舞いをする
握っている手のひらが冷たいので
いそいで目の前の棚から
レトルトカレーをつかんでいた
いまココロに必要なのはこれだ

だれもが勝てる見込みのないリングに上がり
闘う構えをするが
見えない相手におびえて

一歩も出ずにコーナーに戻ろうとする
「もっと殴ってくれ、もっといじめてくれ」
という芙美子は街に出ていき
毎日新しい言葉を見つける
鉱夫のように

わたしのすばやく動かす
期限付きのからだは
濡れるとどんなにでも柔軟になる骨格で
ちょうどいいあたりで屈折させ
快楽かそうでないかを区別する

一瞬でできることをやりたい
素早く摩擦音なしで通過する
そのために準備してきたが

おそらく
からだの賞味期限は
そんなに気にしなくていい
レトルトカレー
この街のコンビニは抜群の品揃えだ

外に出よう
見上げると、ビルのあいだにはまだきのうの空
きょうは遅れてやってくる

地上の人

朝のホテルで
好きなライ麦パンだけを食べている
気持ちのいい音楽になじんでいる
ビル・エヴァンス
そんな人生の賞味の仕方で
ヘルシンキに来るためにゴム長靴も買った
窓の外、向こうの通りはハンバーガー屋
朝日の出ない街で

部屋に鍵をかけると
廊下には一日がやってきて
一歩踏み出すとパン種がふくらむ
イーストがライ麦をそそのかす

明るくなるのが遅くて、省略される挨拶
地上の人は
吹雪いても傘はささず
長靴も履かず
まっすぐ前を見据えている
街の銅像はどれを見ても同じ顔だ
湯浴みのように降ってくる横殴りの雪にも負けない
肩に力こぶを入れて
きょうの希望を思い浮かべようとしている

背の高いトーマスのママが
空色の太いキャンドルを持ってきてくれた
決意を持たないでここまできたけれど
それをわるいとは思わない
牛乳だと思って水を買う
課題は反論を流してしまうこと

路面電車のホームではだれもが無言
ここでは、どのくらいいい人かを試されない
新しい人生は乗車券を買えばいい
この街のだれかになって通勤する
ハカニエミマーケットの土産物屋で
ターヴァさんは観光客が減ってもレッグウォーマーを編みつづける
世界が止まっても、寒さはやってくる
最低気温マイナス十度

「困らない生き方」はどこにもない

氷の張った湖の奥まで人がいる
クラッカーのような薄氷に乗って釣りをしている
安全を危険で確かめることは
たのしいだろうか
ほんとうに待っているものが何なのかを知らないから
人が見せてくれる展示物だけを見たい
池では氷の下で我慢できずに魚が跳ねた

横殴りに雪が降ってくる
ここでまっとうな非難にまみれているが
厚いダウンジャケットのポケットの中で
かじかんでいた手が
外に出たがっている

何も変わったわけではないけれど
からだの新しい部分が
全体を攻めている

よろこびの日

路面電車の三番線に乗る
赤い座席に紙のように座る
向かい合っている人の揺れている顔
生まれてくるとき
好きな国を選べないのは幸せだ

書きつづけている日記の
新しいページをめくり
指を切って血を流す

破れやすくできている、わたしのふくろは
生きものとしては欠陥だ
わたしはここで生きていく力がないから
腕と足、頭に支えられて座っている

この電車に乗ってはいるが
駅までは八番線のはずだった
地図が読めなくて
スタートから炭酸水のようにやり直す
できること、できないことのちがいはほんのわずか
割れやすい平らなパンと、固いパンの両方を
すばやく平らげる
ごちそうさま！

船を見たいと港に来る

湯気が上がるのは
寒中水泳をする人たちがいるから
ここでなにを耐えたらいいのか
熱さなのか、冷たさなのか
感情ではない、痛覚だ
何回かの死を海に沈めて
陸に上がってくるのは
人間なのだろうか

無遠慮に見ることは無知を自覚すること
見てもことばを知らないから
次々に街の明るい色を裏返す
わたしは新しい人の中に入っていき
こころに達する寸前で引き返す
でも、だれも悪くない

店に入って汗ばんで
大きなカップの紅茶
イートインコーナーで
あれかこれかの考えにふける
これまで壊れたり、欠けたりしたけれど
怖気づいてはいない
一日の移動で
他人を困らせなかった
生まれてきたことを後悔しなかった

よろこびの日かもしれない
国旗が
あちこちの建物で翻っている

iv

どこかで歌っている

きょうの姿勢

洗い上がった洗濯物が
干されて照り輝いている
風に吹かれ
乾いてしまえば
ただの布切れの
折れやすい平たいものとなり
地上を覆うものとなるのだ

電球のように

ココロは体内に浮かんで
たいていは閉じているが
言葉も栄養も届かないところで
健闘し弾んでいる

南武線から見えるうつくしい眺め
袋掛けした梨が下がるように
死は袋掛けされて
目の前にいつも用意されているのに
気づかない
いい出会いとわるい出会い
その中間のベンチに座るのを望んでいるから
多くの時間
ジンセイのヨロコビからは遠い

府中本町から南多摩までの車窓から
多摩川の河原をミニチュアの町のように俯瞰する
見える人も見えない人もいる河原に
腰を浮かせて
後ろ向きになって手を振ると
遠く行くのはあちらの人かこちらかわからなくなり
混乱するけれど
やがてこの光景も見慣れるはず

すでに夏は白く洗われて捨て布のようになった
電車から降りて
古い駅から歩く
湿った街も通る
花火が揚がって、降ってくるものはわるいものばかりではない
なに一つ人に貢献していないけれど

わからないことがまだある
そのためばかりではないが
筋肉を緩めて
秋を迎える

朝はなんども

バスを降りると駅前ロータリー
円形公園の前の
白く高い塀の中では
新しい三角駅舎が造られている
わたしたちは目隠しをされて
そのまわりを歩く
幼子の足つきで
改札まで
死と離れてやわらかく

指の先端からあふれる言葉に促され
目的地は湧いてくる
地面にどれだけ鉄杭が打たれようと
逃げようとすればからだは動くから
ちちははなしで世の中を生きてこられた
しくじったことはあるけれど

今年がいつから始まったのか
わからなくても沈み込まない
日記を追い越すきょうが
一番線ホームに向かう
エスカレーターに乗り
人の基本姿勢で立っている
平凡であることに泣かないでいることを

肝に命じる
頭から入り
足から出ていく地上で
複雑なことも簡単に決めて
いい気になることも必要なときがある

国分寺の陸橋で
下校の子どもたちが円座を組んでいる
この世の縁側でにんげんの形でいることは
蜜柑のように金色を放つことだ

朝はなんどもやってきて
月日は太り
フランスの歌手がうたった
酸っぱくて甘い男の肌が育っている

日記に書くこと

家を出る
コンビニを出る
そのように肉体を出るのだろうか
きれいな爪ををパラパラ落として
京王線の快速が
一駅ずつの島に停まって
いまはいない人を降ろしている
たぶん駅は孤独だから
受容の形をしている

心地いいものは
そんなになくて
でも、電車だけは爪の色がどんなであっても
スピードを出している
前方に向かうというていねいな人生観が
あなたに似ている

交代の春
道路工事が通せんぼをしているが
この道でないなら、あの道という選択肢はなくなったのに
一人だけいい思いをしようとして
時間がかかりすぎている

コップの中のソーダ水のように

わたしの悪口をいうから
捨てたくなって、やってきたこの川
せばまっていく水道管の
灰色の青年たちからはぐれてしまった
こんどの旅では動く人に
ふたりしか出会わなかった

冷蔵庫の前で、思考がいつも途切れる
空模様を取り出そうとして
球体か立方体か、わからなくなり
一日を空っぽに、でも活動的にすごす
夜、日記に書くことはやまほどある

あたらしい謎

忘れものの人といると
肩にくもり空が降りてくる
東四丁目、ここだけはまだ熱い地面
冬になろうとする手が
幕を引き
あたらしい謎を広げるのだ
血のようなものが流れても
切岸で立っていることを約束させられて

みずひき草につかまって
耐えている
草で手を切って痛い
握りしめたこの世界に
打ち込む最後のことばを
だれかが背後で
つぶやいている
一線は肩で引かれ
脳と下半身の齟齬ができ
たぶん率直さはなくなっている

粗野である右手に
変なかたちに折れ曲がった枝を持ち
道を叩く
そこには地下の水脈があって

いつかは帰るところ

金曜日
複数のわたしのなかの
気弱なわたしが
木の匂いのする人に
よく見えなかったきょうを語っている
大切なのは人が生きていること

二〇二〇年、少しはわかりあえた?
顔は目だけでも成り立つ
だから目の表情筋のトレーニングをする
言葉はあとから伝わる
みんなが遠くを見ようとしているが
きょうのコンビニの陽だまりに新色の口紅

なつかしい、人の唇

蜜腺

うなされた夜と
幸せな目覚めが交互にやってきて
やっと起き上がる
床を踏むかかとがちぐはぐする
もっとをせがむから
食事がおろそかになった一日のはじまり
トマトジュースで天国に行ける
ということはないが
七時半のバスに運よく乗ることはできる

この頃のかたづかない問題に
コンビニの本で答えを探す
ストレスがあっても気をぬいて生きていく方法を
千二百円で購入する

駐車場に立っている二、三人が
軒先でたばこをきりきり吸って
おそらく次は煙になる新聞紙
そのなかのひとりが
だらりとアフロシャツを着て
動物病院の出入り口を
朝から見張っている
世界は冷たい方がいい
にんげんの熱気で地面は沸騰している

輝いていたのは昨日だった
過去はいつだってよそよそしい
だからからだに塩を強く擦り込んで
尖ったココロを持ちたい
すでに香っている
沈丁花の
枯れる寸前の
もう飽和した匂い
でも、それに救われる朝だってある
細い路地の片側に
ワンルームアパートが並んでいる
植え込みで
探すものなんてないはずなのに
しらみつぶしに探している
蜜腺

人にもあって
いま、とてもあふれた

小さく始める

どの街からも迂回させられる東京の
ここまで来れば安心だという床が見つからない
踏んでも固く
ギシギシ音がしない
寛容な意見なら聞くつもり

ティムは子どもの頃
父親からヒロシマについて聞いて育った
だから、彼は八月にコメントするが

父親は記憶が薄れ始めている
イギリスのエセックス
「小さな家族には最もきびしい一年」を経ても
見通せないことが山積みしている
生物学者として野山を歩く彼の進路を
生け垣がふさぎ、そこから
「東京に逃げだしたい気分」というい ま

河原、ここでも歩いている
いいものに出会うための手と足の用意をしていても
ごつごつと石のつよさに弾かれる
小さく始めたい、二〇二一年
野ネズミが茅でまどろむ風景をたぐりよせて
やっと体温を落ち着かせる

いくつかの惨状の余波で
眠れない東京に寄り添っている死者たち
たくさんの陰謀論に追いかけられても
気にしない顔をつくる

だれかがドアを開けた
外は傘がなくても濡れない雨だ
生き方が決まらない日の朝食はお粥
味付けなしで卵を割り入れる
再開、まだうまくいかないこともあるけれど
二月の冷たい地面に降りて
人との交信をする
ティムが森で口笛のような
一面のスノードロップを見つけた

この世の空気

待っている人のために
テーブルを拭く
水を絞ったふきんと
乾いたふきん
年月の言葉が木肌に染みとなって
頑固にこびりついているから
一日のはじまりに手間取っている

八月の大気を潜水する人が

細かな泡を立ててすり抜けていく
街灯がよそよそしく
煙るように青く尖って立っている
ビルの先端
広告塔の上のへり
手をのばしても捕まえられないものたちで
駅前広場は包囲されているから
息を上手く吸えないときがある

靴を脱ぎ捨てて
足早に去って行った
姉、母、女たち
物語を終えた人びとは
域を超えて
もうすでに秋に入っている

庭のバラが旗のように茎を伸ばしている
この陣地にいるが
わたしもいつかいなくなる
それまでの
この世の空気
肩先から潤ってきた

越えていく

線路沿いの道から
三つ目の通りで
こころが忘れたがっていることを
手が引きとめている
決定できなかった問題は宙吊りのまま
春がグーグルマップをまたいでやってくる

いろいろあったでは終わりにならない話が
延々とつづく川の

向こう岸にいる人になら、やさしくしてもいい
きょうの青空と南風
他人に叱咤激励されている
その声を置き去りにして
さっさとここから逃亡するべきだ

いつも注意されている、この世では
二番線に電車が到着するときも
下がってご注意ください
戦争にも、竜巻にも
人にも注意しなければ生きていけないので
ホームの放送には忠実に従う
わたしは耳をひらいて待っている
愛想のいい神様は写真映りがいい

何度も生きて
何度もつまずいて
それなのに何もつかめないのは
からだのなかにわずかな傾きがあるからだ
いつかもっと狂暴に傾くまで
傾斜を育てていく

正しい生き方と
無縁死のあいだで
ぐるぐると包帯をからだに巻いて歩いているが
他人への関心を失ってはいない
多摩川のカモが
やすやすとロシア国境を超えていく

どこかで歌っている

多摩の横山がよく見える日
何かをつかもうとして
階段を上ったり、また
手放そうとして降りたり
ついにあらゆるものが探している何か
ではないことに気がつく
集合写真の中のよく見た顔の女の人が
いまでは誰だかわからない
わずかずつ花と草を混同し

草に傾くようになる
地面に頬ずりして暮らす
満足することばかりだ

白黒のラノリウムの床
チェス盤のどこを踏んだら
穴に行かれるのか
わからずに足が出ないでいるが
崩壊する前に逃げ込もう
天国と地上を往復するエレベーターの扉が開くと
飽和した自分に会うこともある

手が弱っている
握力がなく
つかめるものが限られている

今日の荷物が持てないのに
会ったばかりで
激しく抵抗するにんげんと
また全力で闘おうとしてしまう

春の花をばさりと倒す
わざとではなく
強く踏んで何時間も後悔するが
どこかで歌っている人がいる
その声に慣れないように用心しながら
まだ世間の中にいる

和田まさ子

東京生まれ

個人詩誌「地上十センチ」発行

詩集　　すべて思潮社より刊行

『わたしの好きな日』　2010年

『なりたい わたし』　2014年

『かつて孤独だったかは知らない』　2016年

『軸足をずらす』　2018年
（第34回詩歌文学館賞受賞）

よろこびの日《ひ》

著者　和《わ》田《だ》まさ子《こ》

発行者　小田久郎

発行所　株式会社思潮社

〒162-0842
東京都新宿区市谷砂土原町3-15
TEL 03-5805-7501（営業）
03-3267-8141（編集）

印刷・製本　創栄図書印刷株式会社

発行日　2021年6月30日